edition suhrkamp 2267

Paul Brodowskys Prosaminiaturen nehmen Alltägliches in Blick, aber auf eine Weise, dass dieses in ein merkwürdiges Licht gerät. Zunächst meint man, vertraute Situationen vorgeführt zu bekommen: Familiengeschichten, Landschaftliches, Erotisches, tastendes Sich-Vergewissern eines suchenden Ichs – aber dann bricht das Unerwartete herein; man kann es sehen, schmecken und riechen, und doch wirkt plötzlich alles geheimnisvoll, surreal. Das vermeintlich Reale schlägt um ins Absurde; die Ordnung der Dinge gerät durcheinander; ihre Selbstverständlichkeit wird lakonisch in Frage gestellt. Die präzisen Sprachbilder Paul Brodowskys fixieren diese Irritation auf eine wunderbar leichte, poetische Weise.

Paul Brodowsky, geb. 1980 in Kiel, studiert Kreatives Schreiben und Kulturjournalismus in Hildesheim und ist Mitherausgeber der Literaturzeitschrift »Bella triste«. *Milch Holz Katzen* ist sein Debüt.

Foto: Walter Brodowsky

Paul Brodowsky
Milch Holz Katzen

Suhrkamp

edition suhrkamp 2267
Erste Auflage 2002

Originalausgabe

Satz: Jung Crossmedia, Lahnau
Druck: Nomos Verlagsgesellschaft, Baden-Baden
Umschlag gestaltet nach einem Konzept
von Willy Fleckhaus: Rolf Staudt
Printed in Germany

1 2 3 4 5 6 – 07 06 05 04 03 02

Hier liegen wir, wir Hasen. Unverlangt, aber doch.

Ilse Aichinger

I

In meiner Wand

In meiner Wand gibt es jetzt ein Loch. Es muss ein Durchbruch sein, aufgestemmt, die Ziegel noch schrotig. Gelegentlich falle ich hinaus. Dahinter scheint kein Tageslicht, aber es ist hell vom Lehm. Vögel leben dort. Ob sie singen? Ich habe längst aufgehört, darüber zu urteilen. Bei Tag ist der Durchbruch nicht zu sehen, aber in meinem Zimmer riecht es nach Schnee und nach Mörtel. Nicht nach frischem, saftigem Mörtel, sondern nach Klopfmörtel, gestohlen aus Flussbauten. Ein Freund empfahl mir, auch tagsüber einen Schal zu tragen.

Im Mauerwerk sprießen Fichtenkeimlinge, werden schnell holzig, zu Fichten mit langen Mooszähnen, sie wachsen, bis schließlich die Baumreihe über mich spottet, wenn ich mit Schmirgelpapier, mit Architekten komme. Bei Nacht kenne ich das Loch nicht mehr, aber den Lehm, die Apfelbäume mit ihren borkigen Blättern, den Vogelnestern. In der Wand gibt es jetzt ein Loch. Gelegentlich falle ich hinein.

Die Dampforgel

Eines Abends stellte mein Vater das Weinglas hin, schnitt sich eine dicke Scheibe Käse ab und erklärte, er werde Orgel spielen. Wir lachten hysterisch und stachen unsere Gabelzinken tiefer in die geölten Salatblätter. Er aber präsentierte seinen neuen Blasebalg, das Leder noch klebrig.

In den nächsten Monaten wurden unzählige Pfeifen angeschafft, Holz- und Bleipfeifen, in unserem Garten wurden Dampfgänge gelegt, ganze Register angesetzt. Ein Holzdach schützt die Orgel vor Schnee und vor Blättern, damit die Pfeifen nicht verstopfen. Wenn mein Vater spielen will, ruft er mich herbei, und ich schöpfe Wasser aus dem See, feuere den Kessel an. Die Mutter bringt ihm Bier für die Kehle und Öl für die Register; unterdessen stehle ich mich zwischen den Bäumen hindurch ans Ufer. Dort wartet meine Schwester mit der Jolle, und gemeinsam legen wir ab; auf dem See zerteilt der Wind die Klänge.

In der Küche steht schwitzend meine Mutter und kocht halbe Truthähne und ganze Lachse. Wenn es dunkel geworden ist, hört mein Vater auf zu spielen, geht ins Haus und setzt sich an das Kopfende des Tisches. Unterdessen sind einige Dorfbewohner vom Orgelspiel angelockt worden; der Fischer kommt fast immer, einige stille Bauern, der Architekt manchmal. Mit geschickten Fingern zerlegt mein Vater das rosa Fischfleisch und verteilt es unter den Gästen. Sie heben zwinkernd die Gläser und warten auf die Käsestücke, die mein Vater eigenhändig aus der Küche holt, zum Nachtisch. Dann stoßen sie an auf meinen Vater und verschwinden, der Fischer heiter, die Bauern gesprächig.

Meine Schwester und ich, mit der Dunkelheit heimgekehrt, schleichen in die Küche. Während unser Vater draußen auf den Basspfeifen ein Nachtlied spielt, knabbern wir an den Käserinden und schlürfen die mohrrübenroten Fettaugen von den Platten.

Ein Glück, dass unser Vater nur noch selten spielt und die Orgel langsam verfällt. Ich habe Löcher in das Dach gebohrt. Von den Bleipfeifen perlt der Regen ab wie Schweiß, aber die Holzpfeifen schimmern schon grünlich. Am Kessel wachsen die ersten Flechten.

Das Milchmädchen

Hell und dünn kam sie zur Tür herein, an einem Mittwoch. Ich saß vor dem Holzofen, die Füße kalt in groben Wollstrümpfen. Dunkel, fast schwarz die Haare vor der milchhellen Haut, strahlte sie mich an. Plötzlich zog sie ein paar Stiefel hervor, hellgrau und wildledern. Als ich zum Ofen ging, um ihr Punschwein zu geben, warf sie mir die Stiefel hin und sprang wieder zur Tür hinaus. Ich hatte mich in ihren Haaren verfangen, und so lief ich hinterher, blechern klingelten die Milchkannen in meiner Hand. Mit einem Satz war sie über den Fluss und verschwand zwischen den Weiden. Atemlos schöpfte ich Milch und stellte die Kannen ab; an meinem linken Fuß war eine Naht gerissen. Die Kannen schwer in den Fingern, ging ich zurück. Abends saß ich bei Garn und Kerzen und nähte am Leder.

Täglich brachte ich jetzt Milch nach Hause; meine Finger wurden kräftiger, die Arme kürzer. Die Haut wurde von der Milch weich und hell. Nach wenigen Wochen war das dünne Leder meiner Schuhe von Flicken und Nähten überzogen. An einem Dienstag dann erschien sie wieder und zog mir die Stiefel von den Füßen. Drei! zählte sie und Vier! und rechnete zusammen: Elf! rief sie wütend und warf die Schuhe ins Feuer. Am nächsten Abend kam sie zurück, diesmal hatte sie dunkle Stiefel unterm Arm, glänzend vor Fett. Sie riss meine Wollsocken herunter und schob die Stiefel über meine Füße. Fluchend zerrte sie an den Senkeln. Dann spuckte sie ins Feuer, strich mir durchs Haar und lief davon. Hastig trank ich die Kannen leer und eilte hinterher. Schon bevor ich den Fluss erreichte, hatte ich an der linken Ferse eine Blase. Ich schöpfte die Kannen voll und tauchte den Stiefel bis über den Schaft in die Milch; auf dem Heimweg quatschte sie mit jedem Schritt durch die Zehen. Zu Hause angekommen schlief ich erschöpft vor dem Ofen ein.

Als ich morgens aufwachte, war meine Haut über Nacht noch weicher geworden; die Arme so kurz, dass ich die Stiefel nicht erreichen konnte. Von den Füßen her roch es wie gekochte Zwiebeln. Ich stapfte in die Küche, schöpfte Sahne von den Kannen und gab sie in ein Fläschchen; dann setzte ich mich vor den Ofen und wartete.

Täglich prüfe ich, ob die Sahne schon sauer wird, aber bis heute flockt sie nicht aus. Die Stiefel passen jetzt gut, nur das Leder ist spröde geworden. Das Milchmädchen bleibt aus.

Schierling

In meinem Garten wächst Schierling. Ich habe meine Sensen immer wieder aufs Neue geschärft, aber mit Sensen ist ihm nicht beizukommen. Es gab Zeiten, in denen ich die Schnitte dicht am Boden ansetzen konnte, heute reiße ich nur noch die Blätter herunter. Von meinen Beeten habe ich Quitten und Bohnenkraut geerntet; inzwischen kann ich nur noch den Hang freihalten. Im Schierling leben Rüsselkäfer und Nachtfalter; mir fehlen die Bücher, um sie genauer zu bestimmen.

Ich habe Hecken gepflanzt, Buchsbaum und Holunder. Aber im Herbst wirft der Holunder seine Blätter ab, und ich werde Gardinen aufhängen müssen. Dann koche ich Quittensaft ein und warte auf Schnee.

Die Kleiber

Ich liege im Schnee. Seit Tagen sind die Bäume gefroren, eine schlechte Zeit für die Kleiber. Im Beutel trockene Maiskolben und Paprika auf Schnüren, Das schmeckt, sagte mein Onkel. Mein Onkel kommt nicht mehr, Das schmeckt, sage nun ich; und dafür kommen jetzt die Kleiber und hüpfen auf meine Westenknöpfe. Sie scheinen sich für meine Augen zu interessieren und sammeln sich in Scharen auf meinem Kragen. Ich ziehe einen halben Maiskolben hervor und lege ihn auf meinen Bauch. Die Kleiber picken an den Körnern und nach einer Weile muss ich den Kolben umdrehen. Meinen linken Handschuh habe ich noch, so bleiben die Finger dabei unverletzt. Früher reichten einzelne Körner, aber es ist Winter und die Kleiber sind mehr geworden.

Nach einer Weile werden sie müde, ihre Beine knicken ein und sie rollen auf die Seite. Manche plustern sich auf und schlafen, einige schlagen schwach mit den Flügeln. Das schmeckt, denke ich mir und nage die Reste vom Maiskolben. Manchmal nasche ich auch von den Paprika, nur muss ich sparsam sein, die Paprika brauche ich noch für die Hunde.

Mit der Zeit werden die Kleiber wieder munter und verteilen sich auf den Ästen. Aber jetzt, da die Bäume gefroren sind, bleiben sie am Boden. Ein paar setzen sich auf meine rechte Hand – vor einiger Zeit habe ich nachts einen Handschuh verloren, den Unterarm konnte ich am Morgen nicht mehr bewegen, die Finger ragen wie Zweige in die Luft.

Türfarben

Ich habe mich entschlossen, meine Tür zu streichen. Leim, Farbe, Pinsel, ich tue das beileibe nicht zum ersten Mal. Die alte Farbe wölbt sich rissig auf, obwohl ich letztes Mal Grün genommen habe. Grün wie Nelkenstiele oder wie Pfefferminzbonbons. Weiß ist noch schneller wieder heruntergekommen. Ich habe einen Spaziergang gemacht, zu den Schienensträngen; als ich heimkehrte, war schon alles verwaschen, die Türbretter kamen wie faulige Zähne zum Vorschein.

Die Angeln sind nun immer gut geölt, und ich schließe die Tür nur noch selten, die Farbe könnte bröckeln. Aus demselben Grund ziehe ich meine Besen durchs Fenster hoch, an langen Fäden; ich habe dabei inzwischen einige Geschicklichkeit erworben. Katzenfellbesen halte ich für besonders gefährlich.

Grün, Weiß, da bleibt noch Blau, das habe ich mir aufgespart. Methylblau oder Blau wie Halsentzündungen. Das müsste robuster sein.

Der Hund

Ich liege wach in meinem Bett, am Morgen, ich gehe auf den Balkon und warte. Fahles Licht liegt um die Häuserwände, die Gehwege unten noch unbetreten seit der Nacht. Ich höre das Geräusch der Krallen auf dem Asphalt, den rhythmischen Schritt. Unter dem Balkon bleibt er stehen und blickt zu mir herauf; ich werfe einzelne Trauben hinunter, die ich abends in einer Schale bereitgelegt habe. Er schnappt die Trauben noch im Fall aus der Luft, ich sehe das Weiß in seinen Augen, dann läuft er weiter.

Ich gehe zurück in die Wohnung und wasche mir den Mund mit Branntweinessig aus, dann lege ich mich schlafen.

Koffer

Ihre Koffer sind gepackt. Ich liege auf dem Boden zwischen Hartschalen, Hemden und Hosenbeinen. Als ich sie zum ersten Mal besuchte, fielen mir die Wände auf, leer, keine Möbel, zwei vertrocknete Rosmarinsträucher auf dem Fensterbrett. Ich lief weiter ins Zimmer und stieß mir den Fuß an einer Schnalle, Das sind die Koffer, sagte sie.

Jedes Mal bleiben ihre Koffer, jedes Mal treffe ich sie in einem anderen Raum, einmal war das Zimmer voller Sonnenblumen, ein andermal lagen acht Birnen neben der Tür. Die Koffer kenne ich inzwischen gut, die Hosenbeine und Unterhemden. Ich kann nicht behaupten, ich hätte eine Abneigung gegen Koffer, ich habe mir Preise sagen lassen. Ich liege auf dem Boden zwischen Hartschalen, das Licht der Straßenbahn spiegelt sich in der Glühbirne, ich vermute, der Koffer links ist meiner.

Tee

Tee läuft mir über die Finger. Seit gestern meine ich, dass es Darjeeling ist, wie verdunkeltes Gold die Farbe. Ich fülle den Tee in kleine Gläser. Darjeeling, das klingt nach Bergerde und Nelken. Auf dem Tisch die Gläserreihe, die ich weiterschiebe. Die äußeren müssen schon kalt sein.

Hefe

Ich kenne inzwischen alle Arten von Hefe, Trockenhefe, Würfelhefe, Schlaghefe. Aber ich bin mir nie sicher, wie sie gehen werden. Das liegt auch daran, dass ich meine Schüsseln seit längerem nicht mehr wasche, wer weiß, was sich dort eingenistet hat. Die Würfelhefe ist mir am liebsten, sie ist feucht wie Knetmasse und schlägt lauter Blasen, eine helle Freude. Und die Hefe verzeiht alles, man kann sie schleudern, besingen, nur der Zucker darf nicht zu heiß sein, sonst bleibt sie grau und klebrig.

Gestern habe ich aufgehört, Hefe zu zuckern. Ich widme mich lieber den Wettern und studiere Wolkenformen. Das ist sicherer, Wolken leben nicht in der gleichen Wohnung. Meine Schüsseln habe ich vorsichtshalber einem Trödler verkauft, mir dafür ein Barometer angeschafft. Bei nassen Wetterlagen kann die Hefe wieder austreiben; und Ritzen gibt es in der Holzverschalung viele, den alten Zucker werde ich nicht los.

Nachtzug

Wir sitzen auf den oberen Liegen. Das Abteil überfüllt, wir sitzen zwischen Koffern, Leintuch und Tüten, die Rücken eingerollt. Manchmal wird die Abteiltür geöffnet, wir blinzeln in dem plötzlichen Licht, Kontrolleure kommen herein, Schaffner, Grenz- und Zollbeamte, wir winken mit den Papieren. Kein Wodka, kein Tabak, murmeln wir im Halbschlaf. Auf den unteren Bänken flüstert man, die Waggontüren seien verplombt worden, aber gesehen hat das keiner aus dem Abteil, der Gang ist wegen der Koffer nur schwer passierbar, und dann die strengen Beamten. Hinten am Zug soll ein Waggon abgekoppelt worden sein.

Im Lauf

Ich laufe. An meinem rechten Wangenknochen ein Schweißtropfen, der langsam tiefer rinnt. Wann ich mit dem Laufen angefangen habe, kann ich nicht genau sagen, es muss vor gestern gewesen sein. Aber so exakt zähle ich die Tage nicht mehr; die Schnitte haben sich aufgelöst, ich laufe im Hellen oder im Dunkeln. Gerade ist es hell, es muss Tag sein.

Vorhin kamen mir Rollschuhfahrer entgegen, zwei Frauen, wir nehmen uns von weitem in Blick. Man muss Kollisionen vermeiden, sie kommen näher, kurz bevor ich das Weiß in den Augen sehe, gleiten die Blicke an den Gesichtern ab, als wären sie immer schon auf den Horizont gerichtet. Der klare Bogen der Augenbraue, dann sind sie passiert, man schaut sich nicht um.

Das Geräusch der Füße auf dem Asphalt, mein Atem, statt der Tage die Schnitte in der Stille.

Die Kaktuszüchterin

Als ich das erste Mal in ihre Zimmer unter dem Dach kam, stob mir ein Geruch in die Nase, torfig, wie saure Milch. Auf dem Teppich standen Kakteen, hagere und stachlige, gedrungene und glatte, allesamt ohne Unterteller. Der Teppich schimmelte zwischen den Lehmtöpfen. Sie wartete hinter dem Kaktuswald mit einer Zange. Als ich die Zange sah, beschloss ich, dass es nun Zeit sei, wieder zu gehen; aber ich stolperte über einen Schwiegermuttersitz. Schon hatte sie mich mithilfe der Zange an den Haaren gepackt und zog mir behände ein Büschel heraus. Dies setzte sie in einen Topf voller Erde und begann ihre neue Errungenschaft zu gießen. Ich, nicht faul, stahl ihr unterdessen die Zange und machte mich an ihren Zähnen zu schaffen. Sie versuchte etwas zu sagen, aber ich ließ nicht locker, bis ich den Zahn heraus hatte. Böse beleckte sie die frische Lücke. Dann drehte Sie sich um, nahm ein Gartenmesser und schnitt den fleischigen Fortsatz ihres größten Kaktusses ab. Behutsam setzte sie ihre Finger zwischen die Stacheln und drückte etwas Milch in ihre Hand. Der Saft schmeckte bitter, ähnlich den Löwenzahnstielen, die ich als Kind heimlich aß.

Manchmal sehe ich, wie sie von der Dachluke aus mich durch ein Fernrohr beäugt. Ich werde nicht wieder zu ihr hinaufsteigen, der Schimmel könnte mir in die Lunge kriechen. Außerdem habe ich ihren Zahn unten am Bach verloren. Schade nur um meine Frisur; über meiner linken Schläfe fallen einzelne Haare aus.

Einar

Jemand lebt in den Kartoffelfurchen. Flink, er muss flink sein und einen guten Geruchssinn haben; bevor ich noch vom Wald aus meine Pflanzen rieche, ist er schon verschwunden. Er legt die Knollen frei, immer nur reife, noch warm in der Erde. Sorgfältig setzt er sie an die Luft, wo sie dick und grün werden. Ich finde Reste von Fisch, Hecht und Aalköpfe, einmal Bauchgräten einer Maräne.

Ich will ihn Einar nennen, das klingt leise, aber krautig genug. Ich hätte ihn auch Dorrning rufen können, aber ich glaube kaum, dass er Latzhosen trägt. Und dann will ich mich so schnell nicht abbringen lassen; der in den Furchen und der Name Einar haben eine Verbindung wie weiße Johannisbeeren und der Geruch öliger Schrauben.

Immer wenn ich komme, ist Einar schon fort, er schläft selten. Fände ich nicht die Gräten, die zerwühlten Pflanzen, würde ich ihn nicht bemerken. Einar mag keine Märchen, sonst würde er von seinem Versteck aus Bin schon da! rufen. Aber Einar ist der Igel, der schweigt, und so muss ich weiterlaufen.

II

Flugfische

Das Aquarium ist knapp ein mal zwei Meter groß und hoch genug, das Glas geht bis zur Decke. Ich habe Flugfische in mein Aquarium gesetzt. Sie fliegen in unregelmäßigen Abständen gegen die Scheiben, das Geräusch ist mir inzwischen nicht mehr fremd. Wenn vor der Tür die Straßenbahn vorbeirollt, ist es nicht mehr zu hören. Es gibt auch Polizeiautos, die laut genug sind, und Geschäfte in der Stadt, in denen man Tomaten kaufen kann und Kiebitzeier, das schnurrt wie aufgezogen. Die Bahn hat weniger als fünfzehn Prozent Verspätungen im Regionalverkehr, aber wem ist damit geholfen. Fische werden meist noch gleich auf See filetiert, oder man gibt ihnen zumindest den Gnadenschlag. Die Bahn weigert sich, lebenden Fisch zu transportieren. Die Prallgeräusche lockern die Stille auf, es ist gut, etwas Lebendiges bei sich zu haben.

Gasgeruch

Wie letzte Woche. Ich komme abends nach Hause, und es hängt dieser Geruch in der Luft. An der Garderobe und im Flur vor allem. Kaum wahrzunehmen, wie Gas, muffelig, als würde man an Champignons riechen. Ich koche auf Gas, und deshalb ließ ich letzte Woche einen Klempner kommen. Der sprühte seine Prüflösung auf die Rohre, aber keine Blaufärbung, alles dicht. Als ich die Jacke aufhänge, kann ich mich nicht mehr zusammenreißen, Schlafzimmer, Bad, Küchentür öffnen. Natürlich niemand, ich bin allein in meinen vier Wänden. Inzwischen kann ich den Geruch auch vom Küchentisch aus riechen, vielleicht doch schärfer als Champignons. Letzte Woche, nachdem undichte Gasleitung als Ursache ausschied, habe ich überlegt, immer wenn ich aus dem Haus gehe, einen Tesafilmstreifen unten an die Tür zu kleben, so sieht man schon beim Hereinkommen, wenn jemand die Tür geöffnet hat. Jetzt ist in der Küche nichts mehr zu riechen, auch im Flur bin ich mir nicht mehr sicher.

Einar lädt zum Tee

Einar lädt zum Tee. Oder genauer: er hat geladen; und: ich vermute, dass es Tee gewesen ist. Kaffee wäre zu scharf, Mineralwasser würde Einar nur gekühlt servieren, aber die Einladung muss spontan gewesen sein, auf einen Sprung. Dass Einar zum Tee geladen hat, entnehme ich den Krümeln auf der Anrichte. Über Einars Freunde kann ich nur Vermutungen anstellen, eine größere Versammlung von Schweigenden, laut ist keiner von ihnen gewesen, sonst wäre ich aufgewacht.

Auf der Anrichte liegen Kekskrümel, das deutet auf Feller hin, ein denkbarer Besucher, ich kenne ihn flüchtig. Ich stelle mir vor, wie Feller hinter dem Kühlschrank steht und Butterkekse knabbert; das erklärt die Krümel auf der Anrichte nicht, aber dann könnte ich auch die ganze Versammlung in Zweifel ziehen.

In der Küche liegt ein Geruch – wenn er stärker wäre, würde ich ihn schneidend nennen. Vielleicht Schnaps, aber der Geruch ist zu schwach, ich will mich nicht festlegen. Und doch werde ich den Eindruck nicht los, dass Peter Posthorn hier gewesen ist.

Wer sonst noch zu Besuch war, will ich nicht wissen, eine kleine Frau, Carlos, das könnte jeder sein. Aber bei Feller und Peter Posthorn kann ich mir Kontakt zu Einar ausmalen. Stille Brüder, die Küchenloge. Oder Einar hat sie unter Murren in meine Küche geschoben, ich schlief derweil. Als ich später begann wach zu werden, haben sich Peter Posthorn, Feller und Einar still und hastig verzogen.

Kirschen

Nicht gut Kirschen essen, sagt man; mit Carla esse ich gut Kirschen. Carla kommt, seit es Sommer ist, und trägt die Kirschen in einer Glasschale. Wir setzen uns an den Küchentisch, die Schale zwischen uns. Ich beobachte unsere Finger, meine Hände liegen wie Handschuhe neben ihren. Manchmal stecken dann irgendwann unsere Finger zwischen den Kirschen, manchmal steht sie auf und drückt mir eine Kirsche gegen den Wangenknochen. Mit Carla ist gut Kirschen essen, am Morgen muss ich den Saft aus den Haaren waschen.

Schokoladenauspacken

6. Nicht hektisch jetzt. Erst das Stirnband. Schnell die 4 Wollmütze darüber ziehen, den Schal zweimal um den Hals wickeln. 1. Diesmal kommst du ran. Die Schalenden unterstecken – 3. Siehst du. Her mit den Handschuhen. Ich kann sie schon schmecken, süß, Kakaobutter – 5. Fünf ist nicht sechs. Erst links. Mit den Fingern durch die Stulpe, 2 rein in die Wollfinger. Jetzt nur noch rechts. 3. Eigentlich müsste bei sechs mal Würfeln wieder eine Sechs kommen. Nicht hektisch, der rechte Handschuh muss auch sitzen. 5. Messer, Gabel; den Bindfaden zwischen die Zinken einklemmen, damit er beim Schneiden 5 nicht wegrutscht. Verdammt, diese stumpfen Küchenmesser. 3. Band ab. Mit der Gabel tief ins Zeitungspapier. Keine Sechs – 4. Mit dem Messer hinterher, nach links reißen, sägen, durch die Zeitungsschichten, 1 aufreißen, weg mit dem Papier, 2 weiter, keine Rücksicht auf den Tesafilm. 4. Die kriegen Panik. Da, die Alufolie, 5 weg damit, weg, 4 da, die braune Masse, glatt; 3 mit dem Messer einen ganzen Riegel 1 herausbrechen, nicht hektisch werden 3 zwei Stücke, Gabel reinpieksen. Jetzt keine – 5 jetzt bin ich am Drücker, endlich. Der Geruch, süß, 1 herb, schwer; Nougat, das Wasser läuft mir im Mund 6

Die Molchfrau

In dem Haus findet man lange Korridore und Küchen, aus denen einem Dampf entgegenschlägt, Hunde laufen herum. Nach oben führt eine Stein- und eine Holztreppe, auf dem Dach wächst Flachs. Ich öffnete eine Tür, vor mir standen Terrarien, in der Ecke sprossen Rohrkolben aus einer alten Duschwanne. Über den Fußboden tappten Molche, Frösche saßen im Papyrus. Sie lag im Bett, ein Salamander rutschte ihr vom Schlüsselbein, anscheinend hatte sie geschlafen; sie blickte mich mit weiten Augen an. Ich fragte sie nach den Fröschen in ihrer Schilfecke und ob sie Laubfrösche habe und ob sie Erdbeerfröschchen kenne und die Kammmolche. Sie sagte noch immer nichts, ihre Hände waren kalt und feucht; sie legte mich hin und setzte mir Molche auf die Rippenbögen. Als sie mich küsste, blieb ihre Zunge versteckt in ihrer Mundhöhle, sie war rau, fast trocken, wie Froschhaut.

Zweimal habe ich nach ihr gesucht, ich habe ihr Zimmer nicht mehr finden können. Die anderen Bewohner sind mürrisch, Stunden habe ich in der unteren Küche gesessen. Irgendwann kamen Hunde herein und schnüffelten minutenlang an meinen Beinen herum; das Fenster stand offen, und ich verschwand in den Garten.

Der Drucker

Wieder sind Wespen in meinem Bad. Im Sommer ließ ich den Drucker kommen, der befühlte Fliesen und Kitt mit seinen Fingern. Graue Schmiere blieb auf der Glasur. Ich stand dabei, und er kicherte, Nasenfett, sagte er, und: Keine Ritzen, keine Maden. Als er gegangen war, holte ich Lumpen und Branntwein, der Kitt blieb gräulich.

Die Wespen, ich dachte, ich wäre sie los. Im Sommer bin ich verreist, zu den Letten, dann weiter bis zum Biwasee. Als ich wieder ins Bad kam, Muscheln und Kalk noch unter den Armen, lagen sie wie ausgeschüttet über Wanne und Boden. Wenige noch, die sich bewegten. Die Flügel dünn und reglos, der spitze Hinterleib, der sich zum Kopfende krümmt. Mein Ohr dicht über ihnen, konnte ich das Gelenk krachen hören. Einige waren zum Waschbecken vorgedrungen, andere klammerten sich ins Frottee. Noch Tage später fand ich eine im Spiegelschrank, vertrocknet.

Als der Drucker kam, hielt ich ihm Kekse hin, Schokoladenkekse und Käsescheiben. Nasenflügel und Ohrmuscheln waren dunkel von Druckerschwärze. Gierig befingerte er das kakaobraune Gebäck; dann bückte er sich und begann seine Arbeit. Alles fest, sagte er. Die Wespen schaffte er beiseite und verbrannte sie auf der Veranda.

Inzwischen ist es Februar geworden und gestern ging ich duschen. Der Raum voller Dampf, an der Gardine saß die erste, dick und steifgefroren. Als ich aus dem Becken stieg, drehte sich eine zweite im Strudel über dem Abflusssieb, die Flügel, das braune Beingewirr wie Haare in dem dreckigen Schaum. Ich habe mich gekämmt, unter den Armen nachgesehen; am Kamm klebten nur weißliche Schuppen. Ich werde den Drucker anrufen.

Der Amselmann

Er kam am späten Nachmittag, wenn wir dick vom Hefeteig im Garten saßen, Bauch und Beine kugelig in der Sonne. Er kam aus der Kellertür, grüßte kurz und stieg mit seinen Stiefeln hinter die Hecke. Über seiner linken Schulter trug er Netze, grobmaschig, von einem Fischer erhandelt. Meine Tante klagte über ihre Tulpenbeete und schickte uns hastig auf den Balkon. Als es dunkel wurde, hörten wir die Zick-Zick-Zick-Rufe aus dem Dickicht schlagen. Dann kam er zurück und zwinkerte zu uns herauf. Männchen, sagte er, Drei Männchen. An den Netzmaschen klebte Amselblut. Meine Tante gab uns Gewürze, Fenchel und Anis, Safran und Ingwer. Er fachte ein Feuer an, aus Milchkartons und Schuhleder. Die Amseln spießte er auf lange Späne, die Köpfe im Nacken, die Schnäbel geöffnet. Deutlich erkannten wir das Schnabelgelb, drei Männchen. Der Flammenschein leckte an seinem Gesicht und er legte die Vögel in die aschene Glut. Nach dem zweiten Wenden gab er uns davon zu essen. Das Federkleid war zu einer Kruste verklebt, darunter wartete das dunkle Fleisch auf unsere Münder; die Lippen verschmierten von den fettigen Bissen. Im Frühjahr holte er manchmal Eier oder Nestlinge aus seinen Taschen.

Inzwischen sind viele Netzmaschen gerissen, und er schleppt nur noch selten einen Habicht oder eine Saatkrähe an. Meine Tante gibt uns keinen Safran mehr, Zu groß, sagt sie, Die Vögel sind zu groß. Das Fleisch schmeckt erdig, die Vögel garen schlecht durch. Wenn man die Bissen vom Brustbein löst, läuft Blut über die Zähne.

Schnecken

Für Mariana Leky

Schneckenlangsam, sagt man, oder: lahm wie eine Schnecke. Ich glaube nicht daran, Schnecken können sehr schnell sein. Gleich nach dem Erwachen ziehe ich Holzschuhe an, ein unachtsamer Tritt, und meine Füße könnten mit einer Nacktschnecke in Kontakt kommen. Allezeit trage ich langstieliges Kratzwerkzeug bei mir. In den Holzschuhen dann mache ich mich auf den Weg zu meinem Beobachtungspunkt: hinten im Bruchwald stehen einige verkrebste Eschen, fünf Bäume mit gellenden Verwachsungen. Die Schnecken sitzen nur an diesen fünf Bäumen, bis zu siebzehn Exemplare an einem Stamm.

Wenn ich komme, sind sie wie erstarrt, eingezogen in ihre Gehäuse; für den Winter eingemummelt, wie meine Tante sagt. Nur haben sich ihre Muster jedes Mal verschoben, ich kontrolliere täglich. Mich überkommt eine Lust, wie ein Vogel ihre blanken Gehäuse aufzupicken; allein der Gedanke an ihre Innereien hält mich zurück. Durch Vergleiche meiner Kartierungen bin ich zu dem Schluss gekommen, dass sich die Schnecken unerwartet schnell fortbewegen können, auch Sprünge möchte ich nicht mehr ausschließen. In unregelmäßigen Abständen schmiere ich mir Butterbrote und führe mit Hilfe eines Teleskops stundenlange Fernobservationen durch, bislang ohne Erfolg.

Leider sind bisweilen auch meine häuslichen Schutzmaßnahmen unzureichend: Hopfenschrot und

Doppeltürkammern. Um mein Bett herum habe ich Glaswände errichtet, bislang ohne Schleim. Allein auf meiner Haut finde ich morgens Spuren, zwischen den Zehen und an Schläfen und Stirn vor allem: der dünne Film glänzt über dem lupenfeinen Muster der Raspelzungen. Mit einer Mischung aus Kernseife und Espenlaubtinktur wasche ich den Schleim vom Körper.

Sonnenfinsternisse

Meist nehmen wir sie nicht wahr, eine dunkle Sonnenecke, wer sieht das. Sonnenfinsternisse sind nicht selten. Man prahlt mit Prozenten und spricht von totaler Eklipse, kauft dunkles Glas und verbrannte Spiegel, man reist in verschiedene Erdteile dem Ereignis entgegen. Ich reise weg. Ich habe mir Karten anfertigen lassen, möglichst genau. Aber die Daten widersprechen sich, die Feldlinien sind wirr; wer kann darin Muster lesen. Und dann die Zeitpunkte. Sie sind schon gar nicht auf Karten zu bringen, auch nicht in Sonnenläufen abzählbar. Seemeilen und Knoten helfen kaum weiter. Derweil bin ich oft auf dem Meer. Man kennt dort seine eigene Position nicht exakt, und die Isohelien verschwimmen mit den Meerbergen und Wellentälern. Es muss Punkte geben, an denen die Sonne immer ganz und rund bleibt, oder man meint dies zumindest. Das soll mir genügen.

Holzwürmer

Ich wohne auf Dielen. Mein Fußboden ist geschliffen und gut versiegelt, aber in den Brettern sind Holzwürmer. Nachtaktive Tiere, sobald ich abends das Licht lösche, hört man leise ihr raues Schaben. Morgens klopfe ich die Dielen ab, mit einem Filzhammer, die Würmer bleiben still. Wenn ich ihre Löcher entdecke, verstopfe ich sie mit Kerzenwachs; aber ihre Gänge sollen ellenlang sein. Ich habe Glasplatten auf den Boden gelegt, damit die Dielen nicht brechen. Was hilft das nachts.

Asche

Ich habe unsere Spiegel abgehängt, kaum ein Ort, an dem man keine Asche fände. Sie liegt dünn auf Balkonen, sie lagert sich ab in den Federkielen der Tauben, sie löst sich im Fluss.

Abends liegt sie auf deiner Zunge, ein schwach herber Film. Nachts wälzt man sich im Schlaf, ich höre deinen Atem, er geht durch den Mund. Die Haut strafft sich über Nacht, am Morgen öffnet man Fenster und Luken, schlechte Luft, Asche, wir schütteln die Laken aus. Wir betrachten uns im Spiegel, morgens, die Gesichtszüge noch verschlafen, aber glatt. Die dunklen Stellen unter den Augen sind verschwunden, kaum wahrzunehmen in der Morgensonne. Tagsüber werden sie unmerklich dunkler, bis wir beginnen, müde zu werden. Abends meiden wir unsere Spiegel, und doch streift der Blick für Momente an ihnen vorbei. Jetzt habe ich die Spiegel abgehängt; aber die Asche verteilt sich, auf den Plätzen, im Fluss, in deinem Mund.

Katzen

Ich wusste es nicht, aber sie kam mit Katzen. Ich sah sie unten den Pfad entlangziehen, zwischen den Felsbrocken, ich beobachtete sie von meinem Vorsprung aus, Lavendel und Schotter um mich. Zweimal sah sie zu mir herauf, kurz, und suchte den nächsten Griff. Langsam kletterte ich herunter, ich wollte meine Zitronenstelzen nicht aus den Agaven scheuchen. Sie schien Mühe zu haben beim Klettern, ihre Augen waren dunkel, ihre Haut rissig. Sie nahm meine ausgestreckte Hand und blickte mich nicht an; ich führte sie nach oben auf meinen Vorsprung. Matt legte sie sich in den Lavendel, ich gab ihr zu trinken, sie hatte Oliven in ihrer Tasche. Nach einer Weile kam sie wieder zu Kräften; plötzlich griff sie in ihren Beutel und zog eine Katze heraus. Das Tier schlief und rollte sich in die Lavendelbüsche; sie aber packte die restlichen Oliven ein und kletterte mit schnellen Griffen den Hang hinunter.

Als sie verschwunden war, wollte ich der Katze Milch hinstellen, da wachte sie auf und begann zwischen meinen Füßen umherzustreifen. Ich versuchte sie zu packen, aber mit Geschick entwand sie sich meinen Händen; ihr Fell rieb an meinen Waden und sie sprang durch die Sträucher. Die Oliven lagen mir im Magen, die Luft wurde schwer vom Geruch der Kräuter; meine Lider fielen immer wieder zu, und ich legte mich in den Lavendel.

Ich erwachte von einem Schrei, die Katze hatte unten in den Agaven eine meiner Stelzen erlegt. Die

Sonne brannte herunter, ich lag in meinem Schweiß, die Milch in dem Schälchen war sauer geworden. Dann sah ich sie den Weg heraufkommen, diesmal kletterte sie mit festen Griffen, kaum hatte ich mich erhoben, war sie schon auf dem Vorsprung; die Katze war nirgends zu sehen. Wir aßen Oliven, und ich gab ihr zu trinken, ihre Lider waren hell, sie roch nach Rosmarin und Pinien. Sie ließ sich in den Lavendel fallen und zog mich zu sich; ihre Haut war glatt und sandig.

Als ich aufwachte, lagen neben mir zwei Katzen im Lavendel. Ich griff nach dem Wasser, da erwachte eine von ihnen und gähnte. Als ich ihr Gebiss sah, bemerkte ich, dass etwas zwischen meinen Zähnen steckte; Sand, einzelne Körner, ich trank, aber sie wollten sich nicht fortspülen lassen. Plötzlich hörte ich wieder einen Schrei, die Katzen waren nach unten geschlichen und hatten eine weitere Stelze erlegt, die anderen flogen in einer Wolke auf. Dann hörte ich in der Wand über mir das Knirschen von Schotter; diesmal kletterte sie von oben herab. Mit einem Satz sprang sie das letzte Stück herunter, die Katzen waren nicht mehr zu sehen, die Stelzen hatten sich wieder beruhigt. Sie strich mir mit ihren Fingern über die Lippen und holte die Sandkörner aus den Zahnritzen. Ich wollte Wasser holen, aber sie hielt mich am Handgelenk fest. Dann lächelte sie, drehte sich um, und wieder setzte sie mir Katzen in den Lavendel, diesmal ein knappes Dutzend, anschließend kletterte sie nach oben davon. Ich wollte ihr die Katzen nachscheuchen, aber sie fauchten mich an, es waren zu viele, einige begannen in die Agaven zu schleichen.

Die Zitronenstelzen nisten nur noch vereinzelt in den Agaven; die Katzen sind hager geworden, geschickt springen sie zwischen den Felsbrocken umher und rollen sich zum Schlafen ein. Ihre Felle streichen über meine Waden; wenn ich mich hinlegen will, muss ich die Katzen aus den Lavendelbüschen schieben.

Auf dem Fels

Selten, dass sie mich erreichen. Die Große Welle sieht man schon weit draußen, sie schäumt und bleibt einen Ton dunkler als ihre blauen Vorläufer. Sie nähert sich stetig; ich versuche mich auf meinen Fels zu konzentrieren, nicht aufs Meer zu schauen. Die Seeigel unten sitzen fest am Stein, die Anemonen sind weich, aber zäh. Meist erreichen mich dann nur ein schwaches Lecken und Spritzer von Gischt.

Schlimmer sind die Glatten Tage. Keine Dünung, die Sonne steht hoch, ich merke, wie meine Schwammkörper trockenfallen. Das Wasser trübe, an den Glatten Tagen paaren sich die Seeigel.

Auf die Glatten Tage folgt fast immer starker Wind. Die Möwen sammeln sich auf dem Sand hinter dem Felsen, die Luft fegt über die glatte See. Erst nach Stunden baut sich Dünung auf, kleine Wellen zunächst, mit reißenden Kanten; schließlich die dunklen Berge, sie brechen kurz vor dem Fels und reißen an den Schwammkörpern.

In den Flaschen

Die Spitze Stahl, dünn, dabei gekrümmt: die Kralle. Vier Windungen hoch, Stahlstiel, verankert im knorrigen Wurzelholz. Eines der härtesten Holze, wer rechnet sich da Chancen aus. Das eine Ende dick, abgesägt; zur anderen Seite hin verjüngt sich das Holz; darunter die Astgabel, wie zwei gichtige Finger. So erzählt man sich von ihm, hier im Dunkel des Kellers. Weit übertrieben, da bin ich mir sicher, ich bin nicht hysterisch. Wahr ist allerdings, dass keiner zurückgekehrt ist, aber das muss nichts heißen. Man flüstert, dass man oben gezogen wird, getrennt vom Flaschenhals. Dann bläht man auf und erstickt unförmig entstellt in der hellen Tagesweite.

Rauschen

Seit Tagen nehmen die Geräusche zu. Ich habe die Fenster abgehängt, mit Wolldecken, die Tür mit Plomben verschlossen. Eine ruhige Wohnung hat man mir versprochen, ich wohne im vierten Stock. Dienstag begann die Straßenbahn an der Weiche öfter abzuzweigen, Kurvenfahrt, die hohen Tonlagen. Donnerstag hat man die Taktung erhöht. Noch am selben Abend dann das Motorsummen durch die Decke – über mir scheint ein Staubsaugerverkäufer seine Schauräume eingerichtet zu haben. Dagegen spricht der seit Sonntag sprunghaft angestiegene Wasserverbrauch, das Fallrohr in der Zwischenwand, die an- und abschwellenden Spülgeräusche.

Musik ist mir seitdem unerträglich geworden, grelle Teppiche, verschmiert von den grauen Störgeräuschen. Wachs, sagt man, das dämmt. Sobald ich die Kugeln in die Gehörgänge schiebe, verstärkt sich das Innenohrknistern.

Im Zug

Ich sitze im Zug. Ich reise, aber ich weiß nicht, ob ich Einar näher komme oder mich von ihm entferne. Ich öffne das Zugfenster, der Geruch von Rost überdeckt alles. Ich müsste Schotterproben nehmen, die grauen Kanten an meine Zunge drücken. Vielleicht würde ich eine Spur schmecken, meine Zunge nimmt auch feine Nuancen noch wahr. Die Schienenstränge durchziehen das Land wie Adern, und Schotter ist gut, Einar muss in Schotternähe bleiben. Das allein hilft wenig: er könnte auf der Oberleitung hocken oder sich in eine Radnabe gefressen haben.

Gut möglich, dass er sich in meiner Nähe aufhält. In meinem Zimmer bröckelt zwischen Fenster und Sturz leise der Putz, manchmal liegt zwischen den Körnern ein Käferpanzer, kaum größer als ein Sandkorn, vertrocknet. Vor einigen Wochen habe ich Zeitung in den Spalt geschoben, jetzt bröckelt der Sand nicht mehr, aber gestern kroch auf meinem Fensterbrett ein Käfer umher, er muss sich durch die Zeitung gefressen haben. Ich klemmte ihn in ein Stück Pappe und drückte zu; als ich nachkontrollierte, streckte er seine Beine aus und begann zur Kante zu krabbeln. Heute beim Frühstück hatte ich ein Loch im Brötchen, eine Blase, größer als ein Kiebitzei. Ich bin mir sicher, dass Einar eine Verbindung zu Pilzen hat, und Hefe habe ich seit jeher im Auge.

Ich sitze im Zug, unter mir der Schotter, ich warte auf ein drittes Zeichen.

III

Holz

Aus Holz ist viel. Die Tischdecke, Lehm, die Wolken am Abendhimmel. Ich meine kaum: Rotbuche, noch weniger: Eibenholz; ich spreche von dem Holz, das seine Kanten verloren hat, am Grund von Seen liegt.

Wenn die Sonne scheint, spielen Kinder am Dorfbadeplatz. Einige bolzen um die alten Torlatten herum, und eins schreit auf, Daneben! Daneben! An manchen Tagen scheint mir der See ein wenig zu hell, zu hölzern. Sobald es dämmert, verschwinden die Kinder in den viel zu großen Häusern. Der Wind flaut ab, die Luft eine Membran; dann ist es so weit, der See lässt sein Holz schwimmen. Einen Augenblick später ist die Sonne hinter den Hügeln und Wäldern jenseits des Sees verschwunden, und der See liegt dunkel zur Nacht wie immer.

Im Herbst bekommt das Wasser elfenbeinfarbene Schaumkronen, dazwischen Sonnenlicht. Das Holz scheint um diese Zeit ruhiger, sicherer. Im Winter ist der See Eis. Es gibt dann Stunden, in denen die graugelbe Sonne flach und müde vor dem klaren Himmel steht, und man hört harschige Geräusche auf dem See. Man sagt, es ist das Eis, das arbeitet, aber Eis ist kalt und ruhig, wie mein großer Bruder. Es ist das Holz. Stählern sind seine Klänge, ein kurzer, kahler Ruck. Ich gebe nicht mehr viel auf die Stimmen, will nicht mehr am See wohnen. Aber aus Holz ist viel. Weißwein, Kacheln und auch Vogelstimmen.

Tragestelle

Das Kanu oben. Unterm Stiefel Geröll und Äste, das Tragejoch in die Schultern eingewachsen. Unsere Hunde voraus. Die Karte in diesem Teil undeutlich; man raunt sich von dem See zu, hinter dem nächsten Hügel heißt es. Das Stiefelprofil löst sich vom Matschboden; ich steige über eine umgefallene Birke. Auf der Hügelkuppe meint man für Momente unten das Blau durch die Stämme schimmern zu sehen. Mücken auf der Ohrmuschel, ich spüre den kleinen Biss. Die Rucksäcke weiter hinten abgeworfen. Der nächste Anstieg.

Fall

Ich frage mich, ob ich das Aufprallgeräusch hören werde. Dass ich einen klaren Entschluss gefasst habe, kann ich nicht behaupten. Das Rauschen in den Ohren nimmt ständig zu, die Möwe links wird nach oben gezogen, aus dem Blickfeld. Inzwischen ist auch der Boden deutlich erkennbar, Sand, oder genauer: Kies. Das Wolkenbild wie gefroren.

Matratzen

Ich liege zwischen Decken. Immer nachdem ich eingeschlafen bin, werde ich plötzlich wach, ein feiner Stich im Nacken. Auch die Matratzen bringen da kaum Erleichterung, inzwischen sind es zwölf.
Ich weiß nicht, wann ich das letzte Mal aufgestanden bin, die Müdigkeit, und dann die vielen Matratzen. Ich schlafe nur für Minuten, bevor der Stich mich aufweckt, ich schrecke auf, und das Licht vor dem Fenster hat sich kaum verändert, manchmal einen Ton heller oder eine Spur dunkler. Ich habe versucht, mir Gegenmaßnahmen zu überlegen, aber schon der Gedanke, dass etwas unter den Matratzen liegen könnte, strengt mich an. Vielleicht noch eine Matratze.

Stege

Ich wohne großstädtisch. Das erklärt die Löcher im Straßenpflaster, Aufriss, ich bringe Bretter. Die anderen scheinen sich nicht zu kümmern, in den Löchern sammelt sich Wasser, ich habe die Bretter zu Stegen genagelt. Manchmal gehe ich vor die Tür, und die Löcher sind größer geworden, ich zähle die frischen Risse im Asphalt.

Ich bin der einzige, der Bretter bringt, ohnehin scheint mir, dass in letzter Zeit viele ausgezogen sind. Vorräte habe ich noch, Dosenfleisch, Kondensmilch, nur die Bretter gehen mir aus. Die Löcher wachsen, möglich, dass sich was eingenistet hat; am Boden steht Wasser, ich untersuche das nicht genauer. Die Stege beginnen unten zu faulen, leider kann ich nicht auf Tropenhölzer zurückgreifen, schichtenweise nagele ich oben zu. Meine Kleiderkiste bin ich so schon losgeworden, vorgestern habe ich angefangen, meine Dielen rauszureißen.

Die Muscheltaucherin

Mein Holzschrank hat zwölf Schubladen. Manchmal öffne ich eine oder zwei von ihnen und befühle meine Sammlungen. Ich habe Feuersteinknollen und Zinkmäuse; in den Zigaretten wird der Tabak bröckelig. Hier, weit vom Meer, ist die Luft trocken, und an sonnigen Tagen ziehe ich die Vorhänge zu.

Ich traf die Muscheltaucherin in einer Stadt am Meer; Schnaps stand auf den eingeschlagenen Tapeziertischen, hinten spielte Musik. Sie stand neben der Tanzfläche, in der Hand einen Teller mit Fischchen. Um den Hals trug sie eine Kette aus blauschwarzen Muscheln und kleinen Glasstücken. Eine Weile später, erhitzt von den Sprüngen, sah ich sie zwischen den Tanzenden. Ihr Körper roch nach Salz und Seegras; die glatten Scherben ihrer Kette schmiegten sich an meine Fingerkuppen; die Muscheln dazwischen waren scharf und hart, an einer der Kanten schnitt ich meine Zunge.

Der Schrank steht gleich neben der Tür, möglichst weit vom Fenster. Das Muschelhalsband liegt in der zweiten Schublade von unten; die Muscheln sind glasdünn geworden, und ich öffne die Lade selten.

Pilze

Wir sitzen beim Abendbrot, Ferdinand legt sanft das Besteck nieder, erst Messer, dann Gabel, und beginnt sich mit dem Zeigefinger die Augenwinkel auszustreichen. Wir anderen kichern, Ferdinand reibt mit den Knöcheln, seine Augäpfel treten hervor. Wir legen das Besteck nieder, erst Messer, dann Gabel, und beginnen Ferdinand über den Kopf zu streichen. Nach einer Weile springt er auf und läuft zum Spiegel, seine Augäpfel sind rötlich, in dem linken Augenwinkel sitzt eine Knolle. Gerstenkorn! rufen wir, aber die Knolle wächst. Zu hell, sagt Ferdinand, Ein Pilz. Er lächelt. Gerstenkorn, sage ich leise, aber die Knolle hat inzwischen die Größe einer Fingerkuppe angenommen. Die Knolle schwillt über die Iris, Ein Pilz, flüstern wir uns zu. Nicht wahr, ein Pilz, sagt Ferdinand. Die Knolle platzt, aber Ferdinand scheint es nicht zu merken, sein Blick geht starr zum Wald hinaus. Wir wischen die Flüssigkeit, die Lamellen von seinem Gesicht. Plötzlich läuft er los, aus der Tür und weiter zwischen die Stämme, durchs Unterholz. Wir versuchen Schritt zu halten, aber Ferdinand ist uns weit voraus; mit einem Sprung hechtet er durch die Brombeerranken, seine Hände schieben Büsche beiseite, auf dem Waldboden vor ihm ein Pilz. Seine Zähne jagen in den Pilzhut; als wir ihn einholen, liegt Ferdinand schlaff auf der Seite und nagt noch am Stiel. Wir packen ihn an Armen und Beinen und beginnen ihn zurückzutragen, matt hängen die Lider über den Augen, noch geschwollen, aber vernarbt. Dann, fast am Waldrand, reißt er die Augen auf, er beginnt zu strampeln, sein Körper windet sich. Wir packen fester zu und stimmen ein Lied an, wir haben wenig Übung im Singen, die Klänge sind rau, aber Ferdinand beruhigt sich, wir tragen ihn herein und legen ihn auf seine Matte. Wir löschen das Licht und behalten ihn im Dämmer im Auge; ich als Erster, dann werde ich eingewechselt und lege mich auf meine Matte.

Als ich die Augen schließen will, spüre ich rechts ein feines Brennen, ich reiße die Lider auf; für den Spiegel ist es zu dunkel, ich bleibe liegen. Schlafen, sagt man, und nicht reiben, sonst nistet er sich ein, in den Winkeln.

Schwamm

Das Dach unseres Hauses ist tief herabgezogen, eine graue Kappe. Es ruht auf zwei Mauern, weiße Ziegel, der Mörtel gelblich. Das Dach kragt über, aber der Regen fällt schräg gegen das Mauerwerk, selten, dass es durchtrocknet. Wenn Herr Sandfuchs kommt, schimpft er mit meinem Vater. Schwamm, sagt er mit seiner näselnden Stimme, Da ist der Schwamm drin, den kann man schon riechen. Meine Mutter stellt Kalbsscheiben auf und Holundersaft, aber mein Vater holt Bier, Herr Sandfuchs ist Ingenieur.

Mein Vater liegt in der Stube und schnarcht, auf seinem Bauch zittern die Zeitungen. Es regnet, und ich habe mir einen Friesennerz angezogen; Schlagregen, er trommelt gegen Kapuze und Ziegelweiß. Mit meinem Handballen stoße ich sachte gegen das Mauerwerk, schon fallen die Ziegel auf Harken und Holzschuhe. Die Risse ziehen sich weiter die Mauer entlang, matt polternd brechen die Steine herunter; aus dem Spalt strömt die Stubenluft heraus. Verschlafen kommt mein Vater, und ich muss die alte Schot, das Segeltuch holen. Einzelne Schweißtropfen laufen an dem grätigen Innenfutter der Jacke herunter; leise fluchend verspannen wir die Segel über dem Loch.

Fisch

Im Winter geht mein Vater angeln. Würmer, Taschenofen; die Rute in der Hand. Weit vom Ufer stellt er seinen Klapphocker auf und bohrt ein Loch in die Eisdecke. Stundenlang sitzt er vor dem Loch und fängt nichts, dann zieht er mitunter gleich mehrere Lachse aus dem See. Die toten Lachse legt er in Schnee, bis sie steifgefroren sind. Dann kehrt er heim und bringt seinen Fang in die Küche.

Meine Mutter zerlegt die Fische mit einer Säge; der Kopf wird ausgekocht zu Suppe, der Schwanz mit Salz und Wacholder gebeizt. Der ranzige Geruch von Lachsfett verteilt sich im Zimmer, bis der Fischfilm von den Möbeln ist, vergehen Wochen.

Treppen

Ich lebe im vierten Stock. Es gibt keine Treppen, das Stockwerk ist gut gefliest und sonnenhell, es gibt Erde, und Bäume wachsen hier, aber es muss der vierte Stock sein. Ich schabe zwischen den Fliesen und warte auf Durchbrüche; ich will Treppen anbauen, nach unten. *Die Schlehen sind zu dunkel diesen Sommer.* Ich könnte auch sagen, *Die Schlehen sind diesmal zu früh schwarz.* Aber das wäre zu steil, die Stufen sind kaum mehr erkennbar. *Die Schlehe trägt schon Herbstfrüchte.* Das klingt streichend, dem Moment vor dem Schlaf ähnlich. – Noch besser wäre vielleicht *Klee. Der Klee wächst zu schnell diesen Sommer. Klee* ist weich, aus *Klee* kann man Stricke flechten. Aber ich lebe im vierten Stock. *Schlehen* reicht tiefer, man muss springen, aber nicht zu tief. Ich halte mich vorerst an *Schlehen.*

Noah

Der Name am Heck ist seit Monaten nicht mehr lesbar. Vorerst halte ich weiter Kurs. Früher bin ich an ruhigen Tagen manchmal hinter die Reling geklettert, aber die Lettern sind verblichen. Gelegentlich treibt ein Stück Holz vorbei, Holz ist nützlich für kleinere Reparaturen, ich lege es in die Sonne zum Trocknen. In letzter Zeit sind die Stücke anders, kein Treibholz, halbe Stämme, ich fürchte eine Kollision. Und die Netze reißen von den großen Stücken. Aber mehr noch fürchte ich, die Stämme könnten Vorboten sein.

Gestern habe ich die Netze eingezogen, im Rumpf stapeln sich Dorsch und Plattfisch, ich fange reichlich, von den Dorschen esse ich nur die Leber. Ich lege auch Köder aus für die Möwen, ihr Fleisch ist rosa und fast süß; mit der Vogelhaut kann ich meine Winschen fetten, das schützt vor Rost. Abends flicke ich die Netze, das Garn wird noch Jahre reichen. Vor dem Schlafengehen lecke ich das Salz von den Fingernägeln; morgens gehe ich als Erstes an die Lenzpumpe, das Bilgewasser darf nicht zu hoch steigen. Die Ballaststeine habe ich vor längerer Zeit über Bord geworfen, damals war am Bug ein Leck geschlagen, das Wasser drang schneller ein, als ich pumpen konnte.

Inzwischen kann ich mich kaum mehr erinnern, wie Steine aussehen. Oder Bäume. Wahrscheinlich dem Holz ähnlich, das in letzter Zeit vermehrt vorbeitreibt, Stämme mit Borke. Heute Morgen saß auf

Deck eine merkwürdige Möwe, mit runden Flügeln, im Schnabel hatte sie einen kleinen Ast. Sie kreiste hartnäckig über dem Schiff und schrie auch nicht wie die Möwen. Erst als ich mit Angelhaken nach ihr warf, zog sie davon. Vielleicht sollte ich doch Kurs ändern.

Bremsen

Sie sind im Fluge kaum zu treffen, schwirren in Kreisen um uns herum. Träge und kurvig, aber auf Beinhöhe. Es hilft dann wenig, mit einem Pinsel zu stauben, man bekommt davon nichts als Atemwegsbeschwerden. Tanzen, sagt man, tanzen. Aber wer die Schritte verlernt hat, sollte damit gar nicht erst anfangen. Flammen locken sie auch nicht mehr, dafür sind sie längst zu geschickt. So bleibt nicht viel. Mein Bruder sagt, man solle sich in Scharbockskraut wälzen, dann trauen sie sich später kaum mehr heran und landen nie. Aber wenn man schon ihr grobes Brummen hört, bleibt dafür keine Zeit mehr.

Nur selten kommt eine so hoch, dass man nach ihr greifen könnte. Dann sind für Momente ihre Facettenaugen zu sehen, die scharfgezackten Flügel. Ihr Chitinpanzer ist hart, und meist schleudern wir sie nur gegen eine Felswand, von wo sie zielsicher wieder zu unseren Beinen zurückkehrt. Wenn man gut trifft, knirscht es hell, und das Brummen hört ruckartig auf. Dann liegt ein regloser, manchmal sogar feuchter Klumpen da, wie ein dunkles Felsbröckchen oder ein Aststück, keine Bremse.

Babel

Fest steht, dass gerade keine Sonne durch die Ritzen dringt. Wahrscheinlich regnet es. Ich habe Schalen aufgestellt, ich kenne die Stellen inzwischen auswendig; durstig warten die Lehmkrüge auf das Wasser. Hinten beim Getreide tropft es kaum; nur manchmal wird ein Scheffel feucht und keimt, die Schalen reichen nicht immer. Das Wasser sickert aus den vernagelten Deckenhölzern, sammelt sich in Tropfen, leicht bräunlich von Palmsaft. Am Boden zieht es ein zwischen die Fasern des Palmholzes. Die Bodenbretter beginnen weich zu werden; in der Regenzeit bläht der Schimmel die feuchten Stellen auf. Wir warten darauf, dass mit dem Bau eines Daches begonnen wird, aber es heißt, die Holzgerüste seien nur provisorisch. Am Stein wird nur langsam gebaut, der Mörtel ist knapp geworden. Ich kann mich nicht erinnern, wann wir das letzte Mal zur Arbeit an den Kränen gerufen wurden. Seitdem sind meine Bronzenägel weniger geworden, kaum noch sechzig. Mit den anderen kann ich wenig handeln, nur von außen kommt manchmal Getreide; selten hat mein Untermann Hanfseile, die man nach oben verkaufen kann. Oben an den Kränen soll es Teppiche geben, Rosinen und Kalbslebern. Aber die Gerüste sind fast überall bewohnt, und leicht kann man beim Klettern für einen Dieb gehalten werden. Man sagt, die Kranleute, die Händler an den Rändern haben angefangen, für die Waren eigene Wörter zu benutzen.

Schwache Witterung

Ich vermute ihn in der Nähe. Zwischen den Johannisbeeren, das wäre denkbar, aber ich will nicht anfangen, sie zu durchkämmen; ich könnte ebenso gut segeln gehen, in der Hoffnung, ihn schwimmend vorzufinden. Mein Auge schweift über das Wasser, und er sitzt grinsend in der Backskiste. Die Backskiste wäre überhaupt ein Ort für ihn; und dann, während ich mit der Fock beschäftigt bin, würde er achtern von Bord springen. Wieder wäre es nur das freche Aufprallgeräusch, mehr bekäme ich nicht mit; zumal ich nicht daran zweifle, dass Einar ein guter Taucher ist.

Unweit vom Moor fand ich gestern eine Kreuzotter. Am Hals war ihr gezielt Fleisch ausgebissen, dann war sie hastig zurückgelassen worden, sie blutete noch. Ich habe gehört, dass Igel Schlangenfleisch mögen; ich kann mir nie sicher sein, die Spuren bleiben zu selten. Einar bleibt ruhig. Ich, angestachelt, sitze neben meinen Beeten, wartend.

Inhalt

I

II

III

Für Renate und Walter, für Hanna, Marianne,
Irene und Karl (meine Geschwister)

Oswald Egger
- Herde der Rede. Poem. es 2109. 380 Seiten
- Nichts, das ist. Gedichte. es 2269. 120 Seiten

Robert Fischer
- Römische Abschweifungen. Erzählung. st 3030. 102 Seiten
- Sex kills. Roman. st 3268. 140 Seiten

Werner Fritsch
- Aller Seelen. Golgatha. Stücke und Materialien. es 3402. 200 Seiten
- Cherubim. 254 Seiten. Gebunden
- Es gibt keine Sünde im Süden des Herzens. Stücke. es 2117. 302 Seiten
- Fleischwolf. Gefecht. es 1650. 112 Seiten
- Jenseits. Erzählung. 72 Seiten. Gebunden.
- Die lustigen Weiber von Wiesau. Stück und Materialien. es 3400. 189 Seiten
- Stechapfel. Legende. 102 Seiten. Gebunden
- Steinbruch. es 1554. 53 Seiten

Rainald Goetz
- Abfall für alle. Roman eines Jahres. 800 Seiten. Broschur
- Celebration. Texte und Bilder zur Nacht. es 2118. 286 Seiten
- Dekonspiratione. Erzählung. 208 Seiten
- Festung. Stücke. es 1793. 295 Seiten
- Hirn/Krieg. es 1320. 508 Seiten
- Irre. Roman. Mit zahlreichen Abbildungen. st 1224. 331 Seiten
- Jeff Koons. Stück. 159 Seiten. Englische Broschur
- Kontrolliert. st 1836. 281 Seiten
- Kronos. Berichte. es 1795. 401 Seiten
- Rave. Erzählung. 271 Seiten. Leinen

NF 313/2/5.01

Durs Grünbein
- Das erste Jahr. Berliner Aufzeichnungen. 320 Seiten. Gebunden
- Falten und Fallen. Gedichte. 124 Seiten. Gebunden
- Galilei vermißt Dantes Hölle und bleibt an den Maßen hängen. Aufsätze 1989-1995. 269 Seiten. Gebunden
- Grauzone morgens. Gedichte. es 1507. 93 Seiten
- Nach den Satiren. Gedichte. 250 Seiten. Gebunden
- Schädelbasislektion. Gedichte. 154 Seiten. Gebunden
- Den Teuren Toten. 33 Epitaphe. 48 Seiten. Büttenbroschur

Norbert Gstrein
- Anderntags. Erzählung. es 1625. 116 Seiten
- Einer. Erzählung. es 1483. 118 Seiten
- Die englischen Jahre. Roman. 360 Seiten. Gebunden und st 3274. 392 Seiten
- Der Kommerzialrat. Bericht. st 2718. 148 Seiten
- O2. Novelle. st 2476. 170 Seiten
- Das Register. Roman. st 2298. 300 Seiten
- Selbstportrait mit einer Toten. Roman. 112 Seiten. Gebunden

Katharina Hacker
- Der Bademeister. Roman. 208 Seiten. Gebunden
- Morpheus oder Der Schnabelschuh. es 2092. 126 Seiten
- Tel Aviv. Eine Stadterzählung. es 2008. 145 Seiten

Joachim Helfer
- Cohn & König. Roman. st 3120. 232 Seiten
- Du Idiot. Roman. st 2998. 268 Seiten

Peter Henning
- Aus der Spur. Erzählung. st 3156. 123 Seiten
- Tod eines Eisvogels. Roman. st 2908. 135 Seiten

NF 313/3/5.01

Unda Hörner
- Unter Nachbarn. Roman. st 3171. 201 Seiten

Johannes Jansen
- Verfeinerung der Einzelheiten. Erzählung. es 2223. 112 Seiten

Daniel Kehlmann
- Beerholms Vorstellung. Roman. st 3073. 286 Seiten
- Der fernste Ort. 152 Seiten. Gebunden
- Mahlers Zeit. Roman. 160 Seiten. Gebunden
- Unter der Sonne. Erzählungen. st 3130. 128 Seiten

Gerhard Kelling
- Beckersons Buch. Roman. 269 Seiten. Gebunden

Ady Henry Kiss
- Atlantic City. Erzählungen. st 2838. 230 Seiten
- Baker's Barn. Roman. st 2633. 338 Seiten
- Canyons. Roman. st 3096. 160 Seiten
- Manhatten II. Roman. st 2416. 152 Seiten

Barbara Köhler
- Blue Box. Gedichte. 59 Seiten. Leinen
- Deutsches Roulette. Gedichte. es 1642. 85 Seiten
- Wittgensteins Nichte. vermischte schriften / mixed media. es 2153. 175 Seiten

Uwe Kolbe
- Abschiede. Und andere Liebesgedichte. es 1178. 82 Seiten
- Bornholm II. Gedichte. es 1402. 106 Seiten
- Die Farben des Wassers. 80 Seiten. Gebunden
- Hineingeboren. Gedichte. 1975-1979. es 1110. 137 Seiten
- Nicht wirklich platonisch. Gedichte. 98 Seiten
- Renegatentermine. 228 Seiten. Gebunden
- Vineta. Gedichte. 68 Seiten. Gebunden

NF 313/4/5.01

Ute-Christine Krupp
- Alle reden davon. Ropman. es 2235. 140 Seiten
- Greenwichprosa. es 2029. 102 Seiten

Christian Lehnert
- Der Augen Aufgang. Gedichte. es 2101. 112 Seiten
- Der gefesselte Sänger. Gedichte. es 2028. 92 Seiten

Jo Lendle
- Unter Mardern. es 2111. 99 Seiten

Andreas Maier
- Wäldchestag. Roman. 320 Seiten. Gebunden

Thomas Meinecke
- The Church of John F. Kennedy. Roman. es 1997. 245 Seiten
- Hellblau. Roman. 336 Seiten. Gebunden
- Holz. Erzählung. st 3010. 112 Seiten
- Mode & Verzweiflung. st 2821. 129 Seiten
- Tomboy. Roman. st 3118. 256 Seiten

Bodo Morshäuser
- Die Berliner Simulation. Erzählung. 138 Seiten
- Blende. Erzählung. 161 Seiten. Broschur
- Hauptsache Deutsch. es 1626. 205 Seiten
- Liebeserklärung an eine häßliche Stadt. Berliner Gefühle. st 2933. 155 Seiten
- Nervöse Leser. Erzählung. 150 Seiten. Broschur
- Revolver. Vier Erzählungen. es 1465. 140 Seiten
- Tod in New York City. Roman. 140 Seiten. Gebunden
- Warten auf den Führer. es 1879. 142 Seiten
- Der weiße Wannsee. Ein Rausch. st 2713. 192 Seiten

Sabine Neumann
- Streit. Erzählungen. st 3119. 140 Seiten

NF 313/5/5.01

Andreas Neumeister
- Äpfel vom Baum im Kies. 261 Seiten. Gebunden
- Ausdeutschen. Roman. 132 Seiten. Gebunden
- Gut laut. Roman. st 3282. 180 Seiten
- Salz im Blut. 195 Seiten. Gebunden

José F. A. Oliver
- fernlautmetz. Gedichte. es 2212. 80 Seiten

Albert Ostermaier
- Autokino. Gedichte. 112 Seiten
- fremdkörper hautnah. Gedichte. es 2032. 100 Seiten
- Heartcore. Gedichte. Mit CD. 110 Seiten
- Herz Vers Sagen. Gedichte. es 1950. 73 Seiten
- Letzter Aufruf. Erreger. Stücke und Materialien. es 3417. 160 Seiten
- The Making Of. Radio Noir. Stücke. es 2130. 192 Seiten
- Tatar Titus. Stücke. 198 Seiten. Gebunden

Doron Rabinovici
- Credo und Credit. Einmischungen. es 2216. 160 Seiten
- Instanzen der Ohnmacht. Wien 1938-1945. Der Weg zum Judenrat. 495 Seiten. Gebunden
- Österreich. Berichte aus Quarantanien. Herausgegeben von Isolde Charim und Doron Rabinovici. es 2184. 172 Seiten
- Papirnik. Stories. es 1889. 134 Seiten
- Suche nach M. Roman. 287 Seiten. Gebunden

Patrick Roth
- Corpus Christi. st 3064. 180 Seiten
- Johnny Shines oder Die Wiedererweckung der Toten. Seelenrede. Gebunden und st 2783. 163 Seiten
- Die Nacht der Zeitlosen. 152 Seiten. Gebunden
- Meine Reise zu Chaplin. Ein Encore. 80 Seiten. Gebunden
- Riverside. Christusnovelle. st 2568. 93 Seiten

NF 313/6/5.01

Ralf Rothmann
- Berlin Blues. Ein Schauspiel. 100 Seiten. Bütten-Broschur
- Flieh, mein Freund! Roman. st 3112. 280 Seiten
- Gebet in Ruinen. Gedichte. 72 Seiten
- Kratzer und andere Gedichte. st 1824. 85 Seiten
- Messers Schneide. Erzählung. st 1633. 133 Seiten
- Milch und Kohle. Roman. 211 Seiten. Gebunden und st 3309. 212 Seiten
- Stier. Roman. st 2255. 372 Seiten. Leinen
- Wäldernacht. Roman. st 2582. 304 Seiten
- Der Windfisch. Erzählung. 133 Seiten. Broschur

Silke Scheuermann
- Der Tag, an dem die Möwen zweistimmig sangen. Gedichte. es 2239. 90 Seiten

Schlingensiefs »Ausländer raus!« Bitte liebt Österreich. Herausgegeben von Matthias Lilienthal und Claus Philipp. es 2210. 272 Seiten

Lutz Seiler
- pech & blende. Gedichte. es 2161. 90 Seiten

Jamal Tuschik
- Kattenbeat. Roman in drei Stücken. es 2234. 180 Seiten
- Keine große Geschichte. Roman. es 2166. 200 Seiten

Anne Weber
- Im Anfang war. 200 Seiten. Gebunden
- Ida erfindet das Schießpulver. es 2108. 120 Seiten

Peter Weber
- Silber und Salbader. Roman. 306 Seiten. Gebunden
- Der Wettermacher. Roman. st 2547. 316 Seiten

NF 313/7/5.01